LES FÉERIES AMUSANTES

5e SERIE IN-12.

LES
FÉERIES AMUSANTES
CONTES
POUR LES ENFANTS

PAR LE PAPA BRONNER.

LIMOGES
EUGÈNE ARDANT ET Cie, ÉDITEURS

I

JACQUES LE BUCHERON.

Jacques était fils d'un bûcheron. Il habitait avec sa mère une chétive cabane; jeune et pauvre, il n'avait pour soutenir l'auteur de ses jours qu'une cognée qu'il tenait de son père; mais le désir qu'il avait de rendre sa mère heureuse lui donnait des forces bien au-dessus de son âge.

Un jour que Jacques était allé abattre du bois dans la forêt, et que, pour en faire une plus ample provision, il s'était éloigné des autres bûcherons, il crut entendre le bruit d'une chaîne que l'on secouait avec force.

Il chercha tout autour de lui, et aperçut bientôt une chèvre blanche comme la neige, qui se trouvait retenue sur un rocher aride. « Voilà qui est bien surprenant, se dit-il; je ne ne croyais pas que cet endroit fût habité. Qui donc peut avoir eu la cruauté d'attacher ainsi cette bête, dans un lieu où elle doit infailliblement périr de faim? »

Jacques, cédant alors à un mouvement de compassion, gravit le rocher, après avoir cueilli de l'herbe et des feuilles pour les porter à la chèvre.

Il trouva la pauvre bête dans un état de maigreur effrayant; elle avait le cou tout meurtri par les efforts qu'elle avait faits pour briser la chaîne qui l'attachait à un piquet de fer.

Le jeune bûcheron était tout chagrin de voir une aussi jolie bête maltraitée de la sorte. Il cherchait à la débarrasser de ses liens, mais il n'y pouvait parvenir.

Tandis qu'il était aux expédients, la chèvre vient le caresser, place ensuite d'elle-même sa tête près du piquet, de façon que sa chaîne se trouvait poser par terre, entre elle et ce piquet.

— Pour le coup, s'écrie Jacques, cette bête-là a plus d'esprit que moi : je n'aurais jamais songé à couper cette chaîne. Essayons donc, au risque d'ébrécher ma hache, car il ne faut jamais reculer devant une bonne action. Le maître de la chèvre me paraît d'ailleurs un méchant qui ne mérite pas qu'on ait pour lui les moindres ménagements.

Du premier coup, la chaîne est rompue et la chèvre délivrée. Jacques regarde alors sa cognée, il est tout surpris de la trouver intacte : « Allons, allons, se dit-il, il n'y a point de mal, j'en suis quitte pour la peur ; retournons vite à l'ouvrage. »

Il se disposait à partir; il se retourne et cherche des yeux la chèvre.

Qu'aperçoit-il près de lui? une grande dame vêtue de blanc. Ne doutant pas que ce fût la maîtresse de sa protégée, il allait lui faire de bien humbles excuses, mais il n'en eut pas le temps.

— Jacques, lui dit aussitôt la dame, ne cherche pas plus longtemps celle dont tu fus le libérateur; elle te parle en ce moment : c'est moi.

— Quoi, madame, c'est vous qui tout à l'heure....

— Oui ; tu vois en moi la fée Candide. Je vins en ces lieux, il y a de cela quatre jours, dans l'intention de détruire le pouvoir d'un maudit enchanteur dont le palais est situé à plus de deux mille mètres au-dessous de ce rocher. Ayant eu le malheur de rencontrer ce vilain génie dans la forêt, j'essayai vainement de me dérober à ses regards, en prenant la forme d'une chèvre. Le méchant m'avait reconnue d'abord, et, profitant de ma métamorphose, il me prit, m'attacha sur ce rocher, où j'aurais souffert toutes les horreurs de la faim, sans pouvoir mourir; mais, grâce à toi, bon jeune homme, me voici libre et désenchantée. Le premier usage que je veux faire de ma liberté, c'est de te prouver ma reconnaissance. Tu n'es pas riche, je le sais; veux-tu le devenir?

— Grand merci, madame, répondit Jacques; j'ai ouï dire à mon père qu'il avait eu de grandes richesses, il est pourtant mort bûcheron. Il m'avouait souvent qu'il se serait estimé heureux, s'il ne se fût jamais souvenu d'avoir été riche. Ainsi donc je ne désirerai pas de fortune; que je voie seulement ma mère heureuse dans notre état de médiocrité, et cela me suffira.

— Tu es bien désintéressé, reprit la fée; si tu joignais la science à tant de sagesse, tu serais, à n'en point douter, un homme fort rare; eh bien! veux-tu être savant?

— Je ne m'en soucie pas non plus; j'ai vécu jusqu'à présent sans rien savoir; je vivrai bien encore de même, s'il plaît au ciel.

— Ah! ah! reprit la fée en fronçant le sourcil, voilà qui détruit la bonne opinion que j'avais conçue de toi ; c'est montrer aussi par trop d'insouciance. Au reste, tu m'as rendu un service trop signalé pour que je renonce à te récompenser ; il ne me reste plus qu'une chose à t'accorder : c'est le don de changer de forme autant que tu désireras.

— Quoi ! je pourrais, à ma volonté, me métamorphoser soit en oiseau, soit en poisson ; c'est fort drôle assurément. Pour la rareté du fait, j'accepte ce don ; il me semble que j'aurais bien du plaisir à revêtir, à mon gré, toutes les formes imaginables.

— Oui, mais prends-y bien garde : je te fais là un présent fort dangereux, et que mon exemple te serve de leçon. Tu n'as pas encore acquis d'expérience, tu dédaignes la science qui pourrait en quelque sorte t'en tenir lieu. Je crains fort que ce don ne te soit plus funeste qu'utile. Aussi bien, je t'accorde huit jours pour en essayer ; tu pourras, après ce délai, revenir à la science, si tu le juges convenable ; sois donc Protée dès ce moment ; adieu. »

En achevant ces mots, la fée Candide se plaça sur un nuage qui se balançait près du rocher, et disparut.

Dès que Jacques se vit une fois seul, il voulut faire l'essai du pouvoir que venait de lui conférer la fée. Il se mit à couper une grande quantité de bois, et souhaita de devenir mulet pour l'emporter; son vœu fut exaucé.

Lorsqu'il approcha de la cabane de sa mère, celle-ci, le prenant pour une bête de somme égarée, voulut le remettre dans son chemin, mais Jacques reprit aussitôt sa forme naturelle, au grand étonnement de la bonne femme, et il lui raconta bientôt tout ce qui venait de lui arriver. Tous deux passèrent le reste de la journée à réfléchir sur cette aventure si extraordinaire, et plus encore sur le parti qu'ils en pourraient tirer.

Le lendemain Jacques se leva de grand matin, et alla souhaiter le bonjour à sa mère : — Ma mère, lui dit-il, j'ai réfléchi toute la nuit à ce que je pourrais faire pour vous rendre heureuse. Sans désirer d'être bien riche, j'ai pensé néanmoins qu'un peu d'argent ne nous serait pas nuisible.

Voici l'idée qui m'est venue : plutôt que de passer mon temps à couper du bois, je vais aller à la cour; j'y offrirai mes services au roi, qui ne les refusera pas. Si peu qu'il me les paie, je vous rapporterai cet argent; nous en aurons toujours assez pour nous procurer le nécessaire.

— Quoi! tu voudrais me quitter, mon pauvre Jacques? répondit la bonne femme.

— Ne vous chagrinez point, mère, je ne serai

pas longtemps absent. Pour peu que j'aie la fantaisie de me changer en oiseau, vous concevez que j'irai vite, bien vite, bien vite, et que personne ne pourra me suivre.

— Je le crois; mais, mon garçon, es-tu bien sûr de réussir, pour t'en aller ainsi?

— Je le crois, mère; le roi n'aura jamais eu à ses ordres d'homme de mon espèce; il n'y a pas de doute qu'il devra être bien content. La fée m'a d'ailleurs accordé huit jours de réflexion; et ce n'est pas ici que je puis apprendre ce qui vaut l le mieux, ou de ce qu'elle m'a donné, ou de la science que j'ai refusée.

Bref, Jacques parvint à décider sa mère; il se changea aussitôt en hirondelle, et partit; une heure après, il était dans la capitale; là, il reprit sa face humaine, et s'achemina vers le palais du roi. Mais il était encore trop matin, et la sentinelle ne voulut pas le laisser entrer. Que fit Jacques? il se changea en souris, et pénétra de la sorte dans l'intérieur des appartements.

Comme il traversait, sans être aperçu, une galerie qui conduisait à la chambre à coucher du roi, il fut rencontré par un gros chat; il ne s'était pas attendu à pareil tête-à-tête: ce qui l'obligea de chercher un trou pour s'y réfugier.

Le pauvre Jacques y serait bien demeuré tout une journée, car le maudit chat ne paraissait pas disposé du tout à lui livrer passage. Jacques était d'autant plus affligé de cette espèce d'arrêts forcés, qu'il n'avait pas pris le temps de déjeuner en quittant sa mère.

Fort heureusement, le roi vint à passer, suivi de ses seigneurs; et le chat effrayé s'enfuit à l'aspect de cette foule de courtisans.

Jacques se voyant délivré de son ennemi, quitta son trou, reprit sa forme de bûcheron, et s'avança vers le roi, non sans avoir essuyé beaucoup de mauvais traitements de la part des courtisans, qui voulaient le faire chasser ou l'emprisonner.

— Laissez ce jeune homme, dit le roi, je veux l'entendre; que désires-tu, mon enfant?

— Sire, répondit Jacques, je puis vous être fort utile, et je viens vous offrir mes services.

— Fort utile! comment cela? Serais-tu donc mathématicien ou bon tacticien; voilà les hommes dont j'ai besoin pour mon armée.

— Sire, je suis bûcheron, pas davantage.

— A d'autres; j'ai des sapeurs plus qu'il ne m'en faut.

— Mais, sire, ne m'avez-vous pas vu sortir de ce trou de souris? J'ai, grâce à la protection d'une grande fée, la faculté de prendre toutes les formes que je désire.

Sur ce, Jacques redevint souris, puis reprit sa forme primitive.

— En effet, dit alors le roi en se ravisant, je vois que tu peux m'être d'une assez grande utilité : c'est un don fort singulier que tu possèdes là. Tu vas aller, de ma part, pour trouver le prince mon frère; il est sur la frontière; il y commande mes troupes. Si tu remplis ta mission avec intelligence, ta fortune est faite; en attendant, prends cette bourse : voici tes dépêches, et pars le plus tôt possible.

Jacques pria le roi de faire ouvrir les fenêtres, et il s'envola aux yeux de toute la cour, sous la forme d'un gros oiseau, laissant tous les spectateurs émerveillés de ce nouveau prodige. Il ne voulut pas se rendre à la frontière sans avoir embrassé sa bonne mère, à laquelle il laissa la bourse du roi; après avoir pris un peu de nourriture, il se mit tout de suite en route pour le quartier-général, où il arriva en peu d'instants.

Le prince n'eut pas plus tôt examiné les lettres de crédit de Jacques, qu'il lui donna des ordres à porter à l'un de ses généraux qui commandait une place assiégée par les ennemis; et Jacques repartit fort content des promesses que lui fit, à son tour, le prince.

Tout en marchant il approcha d'une grande rivière, dont les bords étaient occupés par les deux partis. Quelques coups de fusil, que les postes avancés échangeaient entre eux, firent craindre à Jacques de se trouver blessé, ou même d'être tué, s'il se changeait en oiseau. Il prit donc, par prudence, la forme d'un poisson, et se mit à traverser la rivière. Mais, entraîné par la rapidité du courant plus loin qu'il ne voulait, il finit, en abordant, par donner dans des filets qu'un pêcheur avait tendus.

Il demeura ainsi prisonnier jusqu'au lendemain, que le pêcheur vint à la pointe du jour lever ses filets. Jacques fut, avec les autres poissons, mis dans une espèce de baquet, et conduit à terre. Mais à peine le pêcheur quittait son bateau que Jacques, pour se venger de ce brutal et de ses filets, se métamorphosa en superbe cheval, et délivra ses pauvres compagnons d'infortune, en renversant le baquet d'un coup de son sabot; après cette belle œuvre, il s'enfuit au grand galop à travers le camp ennemi; des soldats, qui virent un cheval si beau, si bien fait, conçurent l'idée de s'en emparer; ils l'entourèrent donc avant qu'il eût le temps de soupçonner leur complot, s'en saisirent, le menèrent à leur général, qui les récompensa largement, et fit conduire le fougueux animal dans ses écuries.

— Fâcheux contre-temps, s'écria Jacques, dès qu'il se vit bien et dûment enfermé; je m'en aperçois, tout n'est pas plaisir au service des princes. Il faut cependant bien que je sorte d'ici : quittons mon métier de quadrupède et partons.

Jacques ouvre la porte et se dispose à sortir : « Halte-là ! lui crie un soldat qui faisait sentinelle devant les écuries; où vas-tu? qui es-tu ?

— Je suis un bûcheron malheureux, répond Jacques tout tremblant, car il n'avait pas prévu, le pauvre diable, qu'une sentinelle allait se trouver là tout exprès pour l'arrêter. Mais le soldat ne voulut pas entendre raison et mena Jacques à son capitaine; celui-ci le fit à son tour traîner en prison. Une heure après on vint dire à Jacques qu'il allait être pendu, d'abord comme un espion, ensuite comme voleur, pour avoir dérobé un cheval au général.

— Ah ! ah ! se dit tout bas Jacques, tout ceci commence furieusement à m'ennuyer ; au reste, les imbéciles ne me tiennent pas encore pour me pendre : changeons-nous vite en oiseau. Il commence par brûler ses dépêches, que sa nouvelle métamorphose n'allait plus lui permettre d'emporter; puis il se change en petit roitelet et s'envole au travers des barreaux serrés de sa prison. « Pour cette fois, dit-il, dès qu'il se vit en liberté, bien fin qui m'y rattrapera; je ne me mêle plus des affaires de cour, il y a là plus à perdre qu'à gagner. Je vais retourner près de ma mère et ne plus la quitter. »

Le pauvre Jacques n'était pas encore au bout de ses peines.

Il approchait déjà de son pays ; déjà même, à vol d'oiseau, il découvrait ses bien-aimées forêts, quand un épervier glouton vint fondre sur lui.

Jacques eut beau redoubler d'efforts pour gagner un buisson voisin, il ne volait pas aussi vite que l'oiseau meurtrier. Celui-ci était donc prêt à saisir sa proie.

Jacques, saisi d'effroi, voit la mort terrible qui le menace, il n'a pas même le moment de la réflexion ; il souhaite imprudemment de redevenir homme sur-le-champ, pour tordre le cou à ce méchant épervier. Le malheureux ! à peine il a formé ce souhait, qu'il perd ses plumes et ses ailes, et tombe soudain à terre, mais si lourdement, qu'il se casse une jambe.

Le voilà gisant sur le grand chemin, et poussant des cris lamentables, lorsqu'une dame passe près de lui : « Ma bonne dame, lui dit-il, ayez pitié de ma souffrance, aidez-moi, je vous supplie, à regagner la maison de ma mère.

— Très volontiers, répond la dame, je vais te secourir ; marche maintenant, tu le peux. »

En effet, l'inconnue n'eut pas plus tôt achevé ces paroles, que Jacques ne ressentit plus de douleurs ; il boitait encore, voilà tout.

La fée Candide, car c'était elle, prit le bras

de Jacques et l'accompagna. « Eh bien! mon pauvre Jacques, lui dit-elle tout en marchant, tu n'as donc pas fait fortune avec toutes tes métamorphoses?

— Ah! madame, il y a loin de la fortune à tout ce que j'ai souffert. Mais, puisque c'est vous-même qui avez eu la bonté de me l'offrir, veuillez reprendre le don funeste que vous m'avez fait; je crois que vous aviez raison de préférer la science. Quant à moi, je l'aimerai beaucoup mieux, si l'on ne s'y casse pas les jambes, et si l'on n'y risque pas d'être pendu.

— Eh! quelle science encore veux-tu posséder? Est-ce la géographie, l'astronomie, la médecine, la...

— La médecine, madame; avec cette science, je pourrai du moins guérir ma mère quand elle sera malade.

— Allons, soit, tu seras médecin, c'est-à-dire que je te donne la faculté d'apprendre tout ce que tu voudras, en rapport aux sciences médicales. Le reste dépendra de ta bonne volonté. »

Tout en causant, la fée conduisit notre nouveau médecin chez sa mère; mais, ô surprise! Jacques ne retrouve plus sa chétive cabane; elle avait fait place à une maison agréable, richement meublée, et dans laquelle se trouvait une bibliothèque nombreuse et bien choisie. La fée y avait joint également deux jardins, l'un desquels était destiné à la botanique.

A la vue de tant de prodiges, Jacques demeurait stupéfait d'étonnement ; il sentait en même temps que son esprit, plus dégagé et plus subtil, n'était plus celui d'un bûcheron.

Plein de reconnaissance, il veut se jeter aux pieds de sa protectrice; mais la fée avait disparu, et il n'entendit plus qu'une voix douce qui lui dit :

« Travaille, Jacques, travaille, et tu reconnaîtras que le savoir est le plus grand des biens. »

Jacques travailla, en effet, avec tant d'aptitude et d'application, qu'il devint, en peu de temps, un homme d'un talent supérieur.

Il fit de si belles cures, il opéra des guérisons tellement inespérées, que, sur le bruit de sa renommée, le roi fit enfin de lui son premier médecin.

II

LE SOLDAT INVISIBLE.

Il était une fois, dans un petit village, un bon fermier et sa femme, qui vivaient heureux dans leur obscurité, parce qu'ils savaient se contenter des bienfaits que leur avait accordés la Providence : je veux dire la santé et l'amour du travail.

Ces bonnes gens avaient deux enfants, un garçon et une fille. Frédérik, vrai modèle de piété filiale, âgé de douze ans à peine, secondait déjà son père dans les travaux de la ferme avec une activité surprenante. Toujours gai et content, il était à chaque instant prêt à rendre service. Si quelque voyageur égaré s'adressait à lui, il ne manquait jamais de lui servir de guide et ne le quittait pas qu'il ne l'eût remis sur la route.

Quant à Marie, moins âgée que son frère de deux ans, elle partageait avec sa mère les soins du ménage, et enchantait par sa douceur et sa modestie tous ceux qui la connaissaient.

Le bon fermier et sa femme rendaient tous les jours grâces au ciel de leur avoir donné de si charmants enfants; rien ne manquait à leur bonheur. Le soir, après les pénibles travaux de la journée, la petite famille se groupait au coin du feu; la bonne mère racontait alors à ses enfants les très véridiques histoires de Cendrillon, de Peau-d'Ane et de Barbe-Bleue.

Frédérik écoutait ces histoires avec un intérêt de curiosité extraordinaire. Il eût bien désiré connaître une de ces bonnes fées et s'en attirer la protection; mais malheureusement, depuis quelque temps elles étaient devenues fort rares; d'ailleurs, en y réfléchissant bien, il sentait que tout le pouvoir d'une fée n'aurait pu ajouter au bonheur qu'il goûtait près de ses chers parents: aussi se consolait-il très aisément.

Hélas! la félicité dont jouisait cette intéressante famille allait être cruellement troublée. Le roi du pays, ayant une guerre à soutenir contre un de ses voisins qui prétendait lui faire payer un tribut, ordonna des levées de soldats dans toute l'étendue de son royaume, et le pauvre Frédérik fut forcé de partir pour joindre l'armée qui devait bientôt se mettre en marche.

Qu'on juge de l'affliction du bon fermier et de sa femme, quand Frédérik reçut l'ordre qui le forçait à se séparer d'eux. Il fallait cependant prendre son parti. Après bien des larmes de part et d'autre, on se dit enfin l'adieu fatal.

Frédérik se mit en route, chargé d'un bissac que la prévoyance maternelle avait pris soin de bien approvisionner. Il marchait tristement en songeant au bonheur qu'il fuyait. Il pensait à son père, à sa mère, à sa sœur, et de nouvelles larmes venaient mouiller sa paupière. Cependant, à force de réfléchir que peut-être leur séparation ne serait pas éternelle, il commença à se consoler un peu, et son sort lui parut moins affreux.

Mais, tout en s'abandonnant à ces réflexions plus ou moins tristes, Frédérik ne s'apercevait pas que la nuit s'approchait avec une extrême rapidité; et il marchait encore, et il avait à traverser, avant de trouver un gîte, une forêt infestée de brigands. Il courait infailliblement les plus grands dangers, s'il la traversait la nuit. Sortant enfin de sa rêverie, il se mit à doubler de vitesse pour échapper au péril qu'il n'avait que trop raison de redouter. Il avait gagné déjà la lisière de la forêt, lorsqu'il aperçut, à quelque distance, une vieille femme étendue sans connaissance. « Que vais-je faire! se dit-il alors : si je m'arrête un seul instant, la nuit va tomber tout-à-fait, et si je me trouve attaqué par des brigands, je suis perdu. D'un autre côté, je ne puis abandonner ainsi cette malheureuse femme sans lui prodiguer des secours; allons, allons, il faut l'assister; il en adviendra ce qui pourra. »

En disant ces mots, Frédérik court à la pauvre femme, et se dispose à la rappeler à la vie; mais, ô prodige!.... il l'avait touchée à peine, qu'il voit tout-à-coup paraître à sa place une noble dame couverte de pierreries. A cet aspect, il croit reconnaître une fée, et s'incline profondément; mais la fée (car c'en était une), lui faisant signe de se relever, lui dit avec bonté : « Frédérik, j'ai voulu éprouver votre cœur, je l'ai trouvé tel que je le désirais. Votre conduite ne peut pas rester sans récompense faites un souhait, je l'accomplirai sur-le-champ.

— Oh! madame la fée, répondit Frédérik tout hors de lui, puisque vous avez la bonté de vouloir bien vous intéresser à moi, je souhaiterais que vous pussiez me rendre invisible à ma volonté. Ce don me serait d'autant plus utile, qu'il m'offrirait, je crois, le seul moyen d'échapper aux brigands qui infestent cette forêt.

— Eh bien! soit, je vous accorde ce don que vous paraissez désirer si ardemment; je suis persuadée d'avance que vous n'en ferez pas un mauvais usage. Vous serez visible ou invisible, selon votre simple volonté. Adieu, souvenez-toujours de votre amie, la fée Bénigne. »

Frédérik, après avoir, comme on le peut penser, bien remercié cette bonne fée Bénigne, se remit gaîment en chemin; il ne craignait plus maintenant les voleurs. Il avait fait à peine quelques pas dans la forêt, qu'il entendit plusieurs coups de sifflet presqu'à son oreille, et vit venir à lui plusieurs brigands armés jusqu'aux dents. Il n'eut pas seulement l'air d'y faire attention; il souhaita d'être invisible, et passa paisiblement au milieu d'eux, non pas sans rire beaucoup de la surprise des voleurs, qui ne pouvaient imaginer ce qu'il était devenu, et se saisissaient tous les uns les autres au collet, croyant s'emparer de leur proie.

Une fois sorti de la forêt, Frédérik passa la nuit dans une hôtellerie qui n'était pas loin de là; et, dès le lendemain, il rejoignit l'armée.

Frédérik s'attacha surtout, en arrivant, à se faire estimer de ses chefs et aimer de ses camarades. Il y parvint; sa douceur et son bon caractère lui gagnèrent tous les cœurs.

Quelques jours après on livra une bataille sanglante; Frédérik s'y distingua par des traits de courage qui donnèrent de lui la plus haute opinion.

Il faisait quelquefois usage du don de la bonne fée Bénigne; mais ce n'était que pour échapper aux ennemis, lorsqu'il lui arrivait d'être surpris par eux dans ses promenades hors du camp, Tout le monde ignorait qu'il possédât un don si précieux.

Un jour que Frédérik avait souhaité d'être invisible, et qu'il se promenait aux environs du camp, il aperçut en un lieu retiré deux soldats qu'il connaissait de vue, mais dont la mauvaise mine lui avait toujours déplu. Ils s'entretenaient mystérieusement. Frédérik, qui avait conçu quelques soupçons sur leur compte, s'approcha près d'eux pour les écouter, il entendit l'un dire à l'autre : « Notre fortune est faite si nous parvenons à tuer le général; balanceras-tu à me seconder?

— Non, répondit l'autre; ce soir, quand tout le camp sera tranquille, nous nous introduirons dans sa tente à la faveur des ténèbres, et nous le poignarderons... »

A ces mots, Frédérik, ne pouvant plus se contenir, se rend soudain visible, et se jette sur les deux scélérats. Ceux-ci, stupéfaits de se voir ainsi découverts, et ne pouvant concevoir par quel moyen surnaturel Frédérik se trouvait près d'eux, se laissent conduire sans résistance auprès du général par Frédérik; ce dernier dévoile leur complot. On les interroge : comme ils ne purent rien alléguer pour leur défense, ils furent exécutés sur-le-champ au milieu du camp.

Frédérik, à qui le général était redevable de la vie, reçut de lui les marques les plus touchantes d'estime et de reconnaissance. On fit, à propos de cet heureux événement, de grandes réjouissances dans l'armée; car le général était fort aimé de ses soldats.

Cependant on se livrait, depuis quelque temps, des combats de part et d'autre, et ils n'amenaient rien de décisif. L'armée faisait le siége d'une ville dont la prise eût décidé immédiatement le succès de la campagne. Or, non-seulement cette ville était puissamment fortimais elle était encore défendue par toute l'élite de l'armée ennemie. Si le général avait pu être instruit de la position intérieure de la ville, s'il eût connu le côté faible par lequel il devait attaquer, sans aucun doute il n'eût pas hésité un seul instant; mais il ne trouvait parmi ses espions personne d'assez courageux pour tenter de s'en assurer par ses propres yeux, car sa mort eût été certaine. Il était dans cet état de perplexité, quand Frédérik lui vint demander d'aller lui-même reconnaître les fortifications de la ville.

2

Le général, qui ne se dissimulait pas toutes les difficultés de cette tentative, et y regardait à deux fois pour sacrifier un si brave soldat, voulut d'abord le dissuader de ce dessein; mais Frédérik le pria avec tant d'instance, il l'assura si bien qu'il connaissait un moyen de s'introduire dans la ville sans danger, qu'il obtint enfin la permission de partir.

Quant on sut, dans le camp, le péril auquel Frédérik allait volontairement s'exposer, on ne put assez admirer son courage. Tous ses camarades l'embrassèrent en pleurant, car ils croyaient ne plus jamais le revoir.

Frédérik était, de son côté, bien loin d'avoir la moindre inquiétude; or, il se mit gaîment en marche; une fois à portée du camp ennemi, il souhaita d'être invisible; et dès lors il le traversa aussi tranquillement que s'il eût été dans le sien; et ceux auprès desquels il passait ne se doutaient point qu'ils eussent au milieu d'eux l'un des plus braves soldats de l'armée ennemie.

Arrivé aux portes de la ville, Frédérik s'y introduisit le plus facilement du monde et se mit à examiner à son aise tout ce qu'il avait envie de voir. Il découvrit enfin un côté si faible qu'on le pouvait attaquer en toute sûreté, et que la prise de la place devenait infaillible.

Enchanté de cette découverte, il se proposait

de parcourir divers quartiers de la ville, quand il vit une grande foule se porter sur la place publique ; il la suivit pour voir ce dont il s'agissait.

Arrivé sur cette place avec le peuple, un spectacle bien affligeant s'offrit à ses regards; on allait brûler impitoyablement, comme prisonniers de guerre, deux soldats de ses compatriotes. A cet aspect, la pitié se fait vivement sentir dans son cœur. Il se décide à tout entreprendre pour les secourir. Il se jette donc, le sabre à la main, et toujours invisible, au milieu des soldats qui environnent le bûcher; ceux-ci, étrangement surpris, tout en ne voyant personne, de recevoir des coups d'estoc et de taille qui pleuvaient sur leur dos comme la grêle, se culbutent les uns sur les autres. Frédérik profite de ce moment de confusion, vole au bûcher, coupe les liens qui garrottaient les malheureux prisonniers; ces derniers se sentent délivrés par enchantement; une main les conduit, et cette main est pour eux invisible; ils ont peine à revenir du trouble où ce singulier événement les jette; le peuple, effrayé lui-même de tout ce désordre, a cru voir un génie surnaturel venir rompre les liens des captifs; bref, la plupart des assistants se sauvent en poussant des cris.

Les prisonniers, profitant de la terreur générale, sont assez heureux pour parvenir à sortir de la ville.

Frédérik, fort content d'avoir délivré ses deux camarades, retourne auprès de son général et lui rend compte de sa découverte. Celui-ci fut bien surpris de revoir ce brave jeune homme, car lui et toute l'armée le croyaient mort. Le lendemain, il ordonna l'assaut, la place fut emportée après un combat sanglant, et les ennemis furent forcés de se soumettre à la loi du vainqueur.

La prise de cette ville mettait fin à la guerre; Frédérik, à qui toute l'armée reconnaissait être en partie redevable de cet heureux résultat, reçut du roi les marques les plus éclatantes d'estime et d'amitié. Le monarque voulut le faire rester à la cour, mais Frédérik préférait une heureuse médiocrité à tous les honneurs qui lui étaient offerts; il demanda donc à retourner auprès de ses chers parents. Le roi y consentit, mais au moins voulut-il changer l'humble chaumière du bon fermier en une belle maison de plaisance, où quelquefois il venait se délasser des soins pénibles de la royauté.

Frédérik, qui devait tout son bonheur à la fée Bénigne, vécut constamment heureux au sein de sa famille. Il charma par sa piété les vieux ans de son père et de sa mère. Une fois de retour dans ses foyers, il ne sentait plus le besoin de se rendre invisible que lorsqu'il s'agissait de faire le bien.

III

LE NAIN VERT.

Fritz était valet de ferme dans un village des Ardennes; il touchait à sa quinzième année. Le pauvre enfant, simple comme on l'est à son âge, n'avait d'autre occupation que de garder les troupeaux, d'autre pensée que de contenter son maître, d'autre désir que de voir s'accroître ses petits gages.

Un jour que Fritz se trouvait dans un vallon avec son troupeau, il eut l'imprudence de s'endormir. Réveillé soudain par les aboiements réitérés de son chien, il aperçoit un loup devant lequel fuyaient ses moutons. A l'aspect du berger, le loup ralentit ses poursuites et se retira, mais la plupart des moutons s'étaient enfoncés dans un bois voisin. Fritz fut obligé de les y aller chercher; mais il courut ainsi pendant une heure, sans avoir pu parvenir à les rallier. Alors, accablé de fatigue, il s'assit au bord d'un fossé, et se livra au plus affreux désespoir.

Pendant qu'il se lamentait, il vit venir à lui une petite figure tout habillée de vert. Fritz oublia un moment son chagrin pour contempler cet être extraordinaire; il ne pouvait croire que ce fût un homme, tant il le trouvait petit. Ce n'était pas non plus un enfant, car il avait une longue barbe et de grandes moustaches noires.

Le nain, car c'en était un, après avoir joui quelques instants de la surprise de Fritz, lui adressa la parole en ces termes : « Tu parais étonné de ma visite, et cependant, moi, je te vois tous les jours; je me nomme le Nain Vert: j'habite le centre de ces forêts près desquelles tu mènes paître tes troupeaux; ton chagrin m'inspire de l'intérêt, je viens t'apporter des consolations. Apprends donc qu'aucun de tes moutons n'a été atteint par la dent du loup, je t'en donne ma foi de nain; mais ce n'est pas à de simples consolations que se bornera ma bienveillance; je veux te rendre un service plus signalé, et t'aider à rassembler, en un clin d'œil les moutons égarés. »

Fritz allait se lever pour remercier le nain, et l'inviter à le suivre dans le bois.

— Un moment, reprit celui-ci; je dois t'imposer une condition, car toute peine mérite salaire.

— Ah ! monsieur le nain, demandez-moi ce que vous voudrez, reprit vivement Fritz, je serai trop heureux de retrouver mes moutons.

— En ce cas, écoute-moi. J'ai la singulière habitude d'exiger de tous ceux que je protége une partie quelconque de leur vêtement, en échange de chacun des services que je leur rends; à ce prix, je te rendrai heureux comme tant d'autres.

— Hélas ! moi, pauvre diable, répliqua tristement Fritz, que puis-je vous donner? je n'ai que mes vieux sabots : vous n'en voudriez pas.

— Si fait, donne-les, je m'en contenterai, je les prendrai même avec plaisir. »

Fritz réfléchit un peu, puis il abandonna ses sabots, non sans quelque défiance. A peine le nain les eut-il pris et jetés au loin, que de l'endroit même où ils avaient disparu il vit sortir une meute de chiens de berger qui se mirent à courir de tous côtés, et ramenèrent, en moins d'un quart d'heure, les moutons, sans qu'il en manquât un seul. Le pauvre Fritz ne se sentait pas de joie; il ne pouvait se lasser d'admirer la puissance du petit nain.

Il se leva enfin pour regagner la ferme; mais ses pieds avaient tellement souffert de la longue excursion qu'il avait faite dans le bois, que, privé de ses sabots, il ne pouvait faire un pas sans ressentir des douleurs aiguës; ce fut alors qu'il regretta ses sabots. Le nain, qui l'entendit, lui vint offrir obligeamment de lui en fournir de neufs, mais toujours à condition que Fritz donnerait en échange une autre partie de ses vêtements. Celui-ci accepta de grand cœur. Il fit alors en faveur du génie le sacrifice de son bonnet, sans lequel il pouvait bien marcher.

Cependant le nain malicieux, voyant que le jeune berger venait de faire si promptement un second souhait, voulut profiter de cette circonstance pour le mettre à l'épreuve. « Tu as fait une sottise, mon enfant, lui dit-il; tu pouvais de prime-abord me donner ton bonnet; il faut savoir user de tout avec discernement et sagesse. Quelque bonne volonté que j'aie de te servir, je ne saurais revenir sur ce que j'ai fait; si tu te trompes désormais dans ton choix, tu ne pourras réparer ton erreur que par un nouveau sacrifice. Ainsi, tâche de bien fixer tes idées avant d'émettre un vœu quelconque : je me contenterai de si peu que tu voudras, mais encore me faut-il quelque chose; je te renouvelle l'assurance de ma protection, et je vais même te donner une nouvelle preuve de l'intérêt que tu m'inspires : voici trois sacs de même volume : celui-là contient une paire de sabots pour tous les jours, et des souliers pour le dimanche : celui-ci renferme de l'argent; cet autre est rempli d'or; choisis sans crainte l'un des trois, il t'appartiendra. »

Fritz avait déjà mis la main sur le sac aux sabots; mais il la retira bien vite, dès qu'il entendit parler d'or. Le tableau d'un avenir couleur de rose se déroule soudain à ses yeux. « Mes pieds sont enflés, il est vrai, dit-il au nain; mais dès que j'aurai marché quelque peu, je ne souffrirai plus... Tandis qu'avec cet or, je serai si heureux; je pourrai avoir, à mon tour, une ferme, des moutons, un berger.

— Tu le veux donc, reprit le nain, cela suffit; il est à toi, tu le peux emporter; et sur ce, le sac qu'il toucha du bout de sa crossette alla de lui-même se poser sur l'épaule de Fritz.

Petit fardeau pèse a la longue, dit un vieux proverbe; à plus forte raison le poids d'un gros sac rempli d'or devait-il se faire sentir. En vain, pour ranimer son courage défaillant, bâtissait-il les plus beaux châteaux en Espagne; il n'en fut pas moins obligé, au bout d'un quart d'heure de marche, de jeter le précieux sac à terre. « Ouf! je n'en puis plus, s'écria-t-il, j'ai l'épaule rompue; encore si j'avais mon bonnet, j'en ferais un coussin. »

— Le veux-tu? interrompit soudain le nain vert, qui riait sous cape de l'état du pauvre Fritz.

— Non, non, monsieur le Génie, je vous remercie bien; si j'avais quelque chose à demander, ce serait plutôt un âne; car avec mon or, j'aurai autant de sabots et de bonnets que j'en voudrai; tandis qu'un âne me sera toujours utile, si je deviens fermier.

— A ton choix; mais que vas-tu me donner en échange?

— Je ne vois guère que ma casaque, repartit Fritz.

Pendant que le pâtre retirait sa veste, un petit ânon était déjà sorti de dessous le sac; il se trouva de la sorte chargé tout naturellement du trésor.

Fritz sauta de joie, et se mit en route. Il rêvait, chemin faisant, à son bonheur futur, quand, au détour d'une avenue, le château du seigneur de l'endroit vint s'offrir à ses regards.

Cet aspect inattendu produisit sur notre berger un effet extraordinaire. Il allait être heureux; il ne sera plus misérable; car telle est l'ambition : rien ne saurait la satisfaire, il faut toujours que l'ambitieux ait quelque chose à désirer.

— Qu'il est heureux, disait Fritz, ce seigneur entouré de vassaux qui le respectent, de domestiques empressés à le servir; et moi simple fermier !...

— Que dis-tu ! interrompit le nain en reparaissant soudain.

— Je dis que je voudrais être à la place du maître de ce château; mais pour le moment, monsieur le nain, vous qui avez eu tant de bontés pour moi, qui m'avez donné cet âne pour porter mon or, ne pourriez-vous ajouter quelque chose de plus : cela ne le fatiguerait pas beaucoup, je vous assure.

— Tu crois ! eh bien ! volontiers, je n'ai rien à te refuser; mais que me donneras-tu, car il ne te reste plus sur le corps que ta chemise et ton pantalon.

— Qu'à cela ne tienne, reprit le paysan avide, j'aurai de reste des pantalons avec mon argent.

— Tu as raison, donne-le moi, et ton sac d'or va se gonfler jusqu'à ce que tu en trouves assez.

Le nain prit, sur ces entrefaites, le pantalon de Fritz, tandis que celui-ci regardait avec extase son sac grossir à vue d'œil. L'ambition aveugla définitivement le berger au point de le rendre cruel. En effet, l'âne fléchissait peu à peu sous le poids de l'or; mais l'insatiable Fritz n'en trouvait jamais assez. Bref, le pauvre âne commençait à succomber. « Seras-tu bientôt rassasié? » lui cria le nain d'un air indigné. Pendant qu'il parlait, le sac grossissait toujours.

— Puisque vous le voulez, reprit celui-ci avec effort, j'en aurai assez.

— Tu es vraiment bien modeste! au surplus, ta réflexion est tardive, ton âne vient de s'abattre; il lui devient maintenant impossible de se relever.

— Bah! laissez-moi faire, monsieur le Génie, je trouverai bien le moyen de le faire marcher. Sur ce, il battit l'âne du manche de sa houlette; il le frappa même si rudement que la pauvre bête en creva.

Le nain, furieux d'une telle barbarie, allait s'éloigner : Fritz se précipita alors à ses genoux. « De grâce, mon bon Génie, lui dit-il, ne m'abandonnez pas, je vous en supplie; aidez-moi à emporter cet or, sans lequel je ne saurais maintenant être heureux. Je n'ai plus que cette chemise à vous offrir, prenez-la par pitié pour moi.

— Que me demandes-tu donc? reprit brusquement le nain.

— Une voiture dans laquelle je puisse mettre mon trésor.

— La voilà, ton or est dedans, sois content. »

Fritz lève les yeux, et voit en effet son or transporté sur une charrette; mais, hélas! il lui manquait un cheval pour conduire cette voiture; elle lui devenait utile. Il le sentit bien. Or donc, il s'apprêtait à faire de nouvelles supplications au Génie, lorsque celui-ci l'apostropha de la sorte :

— Je voulais que tu fusses heureux, tu n'as voulu qu'être riche; cette soif immodérée de l'or t'a conduit d'erreurs en erreurs, de sottises en sottises. En quel état te trouves-tu? tu m'as tout sacrifié. Ce monceau d'or peut-il, dis-moi, garantir ton corps des ardeurs du soleil? Te voilà malheureux, et par ta faute. Un cheval eût seul porté ce trésor trop pesant pour un âne, il t'a fallu une charrette. Peut-être voulais-tu que je la remplisse encore, jusqu'à ce qu'elle rompît à son tour; mais trêve de morale, tu n'as plus rien à me donner : aux termes de nos conditions, je n'ai plus rien à faire pour toi; tire-toi de ce mauvais pas comme tu le pourras, je te fais mes adieux. »

Ces derniers mots furent un coup de foudre pour Fritz; mais le nain avait disparu. Ne sachant à quoi se résoudre, vainement il essaya d'ébranler la maudite charrette; il lui vint enfin dans l'idée de l'abandonner pour aller chercher bien vite un cheval à la ferme.

Il part: au fur et à mesure qu'il s'éloignait de cet or funeste, la raison reprenait sur lui son empire; il concevait plus de honte de sa condition. D'un autre côté, qu'allait dire son maître qui le verrait revenir sans troupeau, sans vêtements même. Fritz avait d'abord, chemin faisant, préparé tout à point un conte de voleurs; mais en réfléchissant peu à peu, il convint que, bien qu'il eût de grands torts, il ne devait pas les déguiser; il raconta donc franchement au fermier ce qui lui était arrivé. Vous croyez peut-être qu'il fut battu, qu'au moins il essuya des reproches? Il les eût sans doute bien mérités; mais non : son maître, non moins cupide que lui, sembla au contraire l'approuver; puis il finit par l'engager à le conduire sans délai vers la précieuse voiture.

Cela dit, on détacha un cheval en toute hâte. Le fermier le monte, son berger saute en croupe, et voilà nos deux paysans se dirigeant bride abattue vers la fortunée charrette. Ils arrivent... ô prodige! ô désespoir! à la place du trésor, que trouvent-ils? Un monceau de fumier sur lequel étaient épars les vieux vêtements de Fritz.

— Maudit coquin! s'écria le fermier avec

fureur, tu m'as indignement trompé, tu ne m'as débité ce conte absurde que pour me faire oublier mes moutons. Que sont-ils devenus? tu me les paieras cher; je vais te faire expirer sous le bâton. »

En disant ces mots, le fermier rompt une branche d'arbre. Il se disposait à en frapper impitoyablement le pauvre diable. « Arrête, malheureux, s'écrie tout-à-coup une voix inconnue; avant de maltraiter ce garçon, examine si ce n'est pas plus ta cupidité trompée que tu veux venger, qu'un simple mensonge que tu vas punir. »

Le fermier, saisi de frayeur, suspend ses coups. Pour Fritz, il avait reconnu la voix du nain. Celui-ci parut en effet; ses cheveux étaient hérissés, ses yeux étincelaient de colère: « Vils ambitieux, leur dit-il d'une voix de tonnerre, vous n'étiez faits, ni l'un ni l'autre, pour posséder cet or que vous convoitiez avec tant de démence! l'ambition a étouffé en vous tout sentiment humain. Loin que vous méritiez aucune faveur de la fortune, je vous abandonne à vos regrets, à vos remords. »

Puis s'adressant à Fritz, il ajouta d'un ton plus doux: Quant à toi, par pitié pour ton inexpérience, et surtout en récompense de ta sincérité, je veux bien encore te laisser un souvenir. Au lieu de ce monceau d'or qui ne t'eût jamais rendu heureux, prends cette boîte; elle en contient assez pour faire ton bonheur. Tu peux reprendre aussi tes vêtements, je te les rends, adieu. » Et sur ce, le nain disparut pour toujours.

Après mille et mille questions sur l'apparition de ce petit homme extraordinaire, le fermier pressa vivement son berger de lui montrer le contenu de la boîte. Il comptait bien y trouver au moins quelques pièces d'or. Fritz ouvrit la boîte; qu'y voient-ils? Trois petits livres, sur le dos desquels étaient inscrits ces trois mots : AMOUR DU TRAVAIL, ÉCONOMIE, SAGESSE. Vainement ils regardèrent dessous les volumes, ils n'aperçurent que ce mot BONHEUR, gravé en lettres d'or dans le fond de la boîte.

Fritz se dépita d'abord un peu; puis, en y réfléchissant, il comprit que ce cadeau du nain pourrait bien en effet le rendre heureux. Après avoir passé des journées entières à lire et à relire ces trois livres, il s'en retourna donc à ses moutons, fort content de lui-même et de sa destinée; ce fut là pour lui le vrai bonheur.

IV

LA FÉE TURBULENTE.

Il y avait une fois un roi et une reine que tout le monde aimait, parce qu'ils étaient d'une bonté parfaite : le ciel, pour les récompenser, leur accorda ce qui vaut mieux qu'un trône : il leur donna des enfants aimables et reconnaissants. A la naissance de leur fille aînée toutes les fées, suivant l'usage, vinrent pour faire chacune leur présent à la jeune princesse ; on lui donna le nom de Zoraïde, et la doyenne des fées, prenant la parole, dit aux autres : « Mes sœurs, cette enfant tient de la nature l'esprit et la sensibilité ; nous lui donnerons, nous, les qualités qui ne sont ni dans l'esprit ni dans l'âme, la mémoire et la disposition à tous les talents. » Et Zoraïde reçut ces dons heureux; mais, un instant après, on entendit un bruit effroyable; les fées devinèrent aussitôt que c'était Turbulente qu'on avait oublié d'inviter: distraction malheureuse que les reines de ce temps avaient presque toujours.

La fée Turbulente entra par une des fenêtres qu'elle brisa en mille éclats : c'était sa manière de se présenter, quand elle était de mauvaise humeur. Son aspect remplit tout le monde d'épouvante : elle avait de grandes ailes noires de chauve-souris, les yeux étincelants, une robe couleur de feu; elle était chargée de sonnettes comme un mulet, car elle aimait le tapage par-dessus toutes choses; en guise d'éventail et de sac, elle tenait d'une main une grande trompette marine, de l'autre un tamtam. Après avoir fait, sur ces deux instruments, un petit prélude qui assourdit toute la cour, elle prononça ces terribles paroles : « Cette princesse a reçu de la nature et des fées l'esprit, l'intelligence, la mémoire, l'aptitude à toutes les sciences et à tous les arts; eh bien! moi, qu'on a eu l'imprudence de mépriser; moi, qu'on n'a pas appelée, je vais rendre toutes ces qualités inutiles : je lui donne l'inapplication. »

A ces mots, Turbulente frappa son tamtam,

prit son vol en renversant trois ou quatre tables, un paravent, en cassant un lustre et toutes les porcelaines; puis, se précipitant vers les fenêtres, elle disparut, laissant toutes les dames évanouies, et la cour entière consternée.

La fée Tranquilline, amie intime de la reine, supplia cette bonne mère de modérer sa douleur : « Rassurez-vous, Madame, lui dit-elle, vous savez que la princesse aura de l'esprit, de la sensibilité, qu'elle sera bonne et reconnaissante; elle sera donc ainsi remplie de tendresse pour vous, pour le roi, et la méchanceté de Turbulente n'aura d'influence que sur son enfance. Sans doute la princesse sera une enfant inappliquée; mais quand la raison commencera à l'éclairer, quand elle comprendra bien qu'elle vous rendrait malheureuse si elle ne profitait pas de vos soins, elle saura vaincre sa paresse, son indolence; et son bon cœur confondra tout l'art malfaisant de Turbulente. »

Ce discours consola un peu la reine; pourtant elle s'affligeait toujours en pensant que cette fée vindicative aurait tout pouvoir sur la princesse, du moins dans les premières années de sa vie, et que, par conséquent, Zoraïde ne serait pas une enfant aussi aimable qu'elle aurait pu l'être, sans la cruelle inimitié de Turbulente.

Quelle est la jeune mère qui, en pressant dans ses bras son enfant nouveau-né, n'arrête pas avec délices son imagination sur les douces années de son enfance, qui ne jouit pas d'avance du développement de sa raison, de ses progrès, qu'elle suppose toujours étonnants et rapides?

La reine était privée de ce bonheur, et elle le sentait vivement. En effet, Zoraïde ne montra aucune application dans sa première enfance; quand les leçons se prolongeaient, elle bâillait, cessait d'écouter, ou bien s'agitait sur sa chaise; quelquefois même elle saisissait un prétexte pour changer de place et quitter sa lecture. Souvent aussi, lorsqu'elle prenait ses leçons avec cette négligence, on entendait tout-à-coup le bruit des sonnettes et du tamtam de Turbulente, et l'on voyait paraître à une fenêtre le vilain visage de cette méchante fée, poussant un gros éclat de rire.

— Fort bien, fort bien, Zoraïde, criait-elle, continue, ma mignonne, et tu ne seras qu'une ignorante malgré tous les soins de ta mère, de ta gouvernante et de tes maîtres; tiens, pour récompenser ta fidélité à mes inspirations, voilà des joujoux dont je te fais présent; et elle lui jetait alors des tambours, des crécelles, des sifflets et des flûtes à l'oignon.

Ces étranges apparitions firent d'abord bien peur à la princesse, mais peu à peu elle s'y accoutuma; elle prit même du goût pour les bruyants joujoux que lui donnait la fée, qui, par parenthèse, inventa pour elle ces petits bijoux d'acier qu'elle nomma CHARIVARIS, et que Zoraïde mit à la mode en les portant à sa montre, car leur cliquetis l'amusait beaucoup; on la vit bientôt préférer le tambour à la harpe et au piano; elle se familiarisa même si bien avec la fée, qu'un jour elle la pria de lui faire cadeau d'un petit tamtam.

A cette demande, la fée ne se sentit pas d'aise; elle éprouva jusqu'à un mouvement de tendresse pour la princesse. « Bonne petite, dit-elle, j'emploierai tout mon art à te fabriquer un tamtam en miniature qui fera autant de bruit que le mien; tu mérites ce prodige, et tu l'auras. »

La fée tint parole, elle apporta à Zoraïde ce merveilleux petit tamtam, et l'accompagnant avec le sien, ce terrible duo fit un vacarme inouï. Il produisit l'effet d'une batterie de canons; toutes les vitres du palais en furent brisées, et un mal de tête universel de la famille royale et des courtisans fut le résultat de ce redoutable concert.

La reine aurait bien voulu pouvoir mettre un terme aux visites de Turbulente; mais il devenait fort inutile de faire fermer sa porte à une personne qui entrait si facilement par les fenêtres, et qui même aurait pu tout aussi aisément découvrir le toit ou le percer pour s'introduire dans un appartement.

La jeune princesse avait donc pris de l'amitié pour Turbulente, qui la divertissait par son tapage et par sa singularité. Turbulente, de son côté, malgré son mauvais caractère, ne pouvait s'empêcher de trouver la jeune princesse très intéressante; elle était non moins flattée que surprise de ses innocentes caresses, et elle ne les recevait jamais sans éprouver une sorte d'attendrissement qui ressemblait bien au repentir.

Un matin, Zoraïde, mieux disposée qu'à l'ordinaire, jouait du piano avec assez d'attention. Turbulente survint, et au lieu de l'interrompre selon sa coutume, elle voulut l'entendre. Turbulente avait un fort mauvais goût en musique, elle préférait toujours le bruit au chant et à l'expression; mais, en sa qualité de fée, elle n'ignorait aucun art; elle était donc grande musicienne. Zoraïde joua une sonate, elle l'exécuta assez mal; mais la fée admira ses doigts, son tact, son oreille, et elle sentit quelque remords en voyant jusqu'où son talent aurait pu aller, sans le charme fatal qui s'opposait à son développement; mais, par rancune contre la reine et antipathie pour la fée Tranquilline, elle ne voulait cependant pas révoquer l'arrêt qu'elle avait prononcé.

Néanmoins, en dépit de sa malice naturelle, elle prit tout-à-coup la résolution de ne plus reparaître au palais. Zoraïde en eut bien du chagrin; elle garda longtemps son souvenir. Tous les bruits violents la lui rappelaient; lorsqu'un vent impétueux abattait une cheminée, brisait un toit, déracinait des arbres, ou lorsqu'il tonnait, elle pensait aussitôt à Turbulente. Au reste, l'absence de cette fée causa une joie universelle à la cour, car Turbulente avait désolé la reine et donné des maux de nerfs à toutes les dames du palais.

On voulut ôter à Zoraïde son merveilleux petit tamtam; elle refusa de faire ce sacrifice, mais elle promit de n'en plus jouer; elle le suspendit dans sa chambre et elle le regardait avec regret et mélancolie. On eut beaucoup de peine à l'accoutumer au silence et à lui faire prendre du goût aux jeux paisibles. Tout lui paraissait triste et morne dans le palais, depuis qu'elle était privée des visites de Turbulente. Et tel est encore l'effet des plaisirs bruyants, ils dégoûtent des amusements les plus doux, de ceux où l'esprit et le cœur prennent leur part.

Cependant Zoraïde atteignit sa huitième année, et sa raison commençait à se développer, elle devint enfin sensible aux peines que son inapplication causait à la reine; bientôt elle comprit les conséquences de ce défaut, et résolut de le vaincre. Soutenue dans ce généreux dessein par sa tendresse pour ses parents et par son amitié pour sa gouvernante, elle vint à bout de triompher de sa paresse; elle fit des progrès rapides; bref, elle devint la plus charmante princesse de l'univers. Elle prouva, comme l'avait prédit Tranquilline, qu'un bon cœur peut réparer tout.

La fée Turbulente avait entendu parler de son application et de ses talents; elle ne regarda ces éloges que comme des flatteries; car, dans ce temps-là, on les prodiguait volontiers aux enfants des princes, qui tous étaient des prodiges, du moins à en croire leurs instituteurs et les dédicaces des livres imprimés pour eux.

Turbulente, fort incrédule sur ce point, voulut juger par elle-même; elle alla donc trouver Zoraïde, qui, charmée de la revoir, se jeta dans ses bras avec transport. Vivement touchée d'un sentiment qu'elle n'avait jamais inspiré, la fée embrassa la princesse à plusieurs reprises, et l'examina avec émotion; sa surprise fut inexplicable en voyant à quel point Zoraïde était instruite, raisonnable et remplie de talents pour son âge. Pour la première fois de sa vie, elle resta quelques minutes silencieuse ; durant ce temps, Zoraïde l'accablait de caresses; enfin Turbulente la questionna. La princesse répondit ingénûment que son affection pour ses parents l'avait corrigée de sa nonchalance.

A ces mots prononcés avec tout le charme de la sensibilité, Turbulente s'attendrit. « Eh bien! ma Zoraïde dit-elle, ton bon naturel, qui a triomphé du défaut que je t'avais donné, triomphe aussi de ma colère et de mes ressentiments; rien ne peut résister à ta bonté, j'y cède enfin; je ne m'oppose plus à tes progrès; je révoque le charme fatal qui n'a pu les détruire, mais qui te coûte des efforts pénibles, et je t'aime assez pour jouir désormais de tes vertus et tes succès. »

Cette conversion de Turbulente fit beaucoup d'honneur à Zoraïde et causa une grande joie parmi les fées. Depuis ce jour, Zoraïde fut citée à toutes les princesses, même à toutes les jeunes personnes, comme le modèle de la raison et d'une application parfaite. Elle trouva sa récompense dans une instruction solide et des talents charmants, qui la préservèrent à jamais de l'ennui, et surtout dans le bonheur de ses parents et de tout ce qui l'entourait.

V

LES TROIS FILS DU VISIR.

Le sage Kaleb, renommé par sa profonde science, vivait retiré dans un des faubourgs de Bagdad; il était pauvre et comptait deux amis, quoiqu'il eût été premier visir de deux califes. On dit même que le souvenir de sa grandeur passée ne troublait jamais son sommeil. La culture de son jardin, et le soin qu'il donnait à l'éducation de ses trois enfants, partageaient ses jours.

Dix années s'étaient écoulées ainsi, lorsqu'une maladie cruelle vint l'avertir qu'il touchait à sa dernière heure. Il fit approcher ses fils, et leur tint ce discours : Mes enfants, votre père va vous quitter; ne pleurez pas; il a rempli sa carrière avec honneur; sa fin sera douce; contemplez-la pour apprendre à bien vivre; ne cherchez pas, après moi, des trésors dont je n'ai jamais connu le prix. Ce jardin suffira à votre bonheur, si vous êtes sages; mais si, comme je le prévois, l'amour des richesses vous fait abandonner cette modeste retraite, rendez-vous à Lahore, vous y trouverez le respectable Nubar, à qui j'ai prêté, au temps de mon opulence, une somme considérable: il se le rappellera, lorsque vous lui direz que vous êtes mes fils. Ce voyage est long et pénible; allez consulter dans la grotte mystérieuse le génie de notre famille; il vous indiquera le chemin que vous devez prendre. »

Ce bon père ajouta encore quelques instructions, et expira dans les bras de ses enfants.

Le lendemain, les fils de Kaleb vendirent leur modeste héritage pour rendre à la mémoire de leur père des honneurs dignes de sa haute sagesse et de leur piété filiale.

Ce généreux sacrifice leur rendit indispensable la somme dont leur père avait parlé. Le génie qu'ils furent visiter refusa de répondre à leurs questions; mais, après leur avoir ordonné d'obéir à leur père en se rendant à Lahore, il leur fit présent d'une bourse remplie d'or et de pierres précieuses, d'un cheval richement caparaçonné et d'un coffre rempli de vêtements magnifiques, enfin d'une outre pleine d'eau.

Nadir, l'aîné des trois fils, choisit la bourse; Eliab eut pour lui le cheval et le coffre; l'outre, remplie d'eau, resta à Osmin, comme au plus jeune des trois.

Ce partage inégal semblait devoir exciter quelques murmures; mais le jeune Osmin, qui seul aurait pu se plaindre, se soumit sans peine en pensant aux leçons de son père et à la bonté du génie.

Le même jour, ils se mirent en marche. Nadir serra soigneusement son trésor; la crainte des voleurs le troublait à chaque pas. Couvert d'un simple habit d'esclave, il s'imposait les privations les plus pénibles, afin de détourner les soupçons des voyageurs, dans lesquels son inquiétude lui faisait voir autant d'ennemis; il ne sentait que le poids de son or, dont il ne pouvait ni se défaire ni jouir.

Eliab, monté sur son superbe cheval et couvert de riches habits, attirait sur lui tous les regards; son orgueil, délicieusement flatté, lui fit dédaigner bientôt la société de ses frères. A la seconde journée, il piqua des deux et disparut en leur souhaitant un bon voyage.

Le jeune Osmin, chargé de son outre et un bâton à la main, cheminait gaîment; tous les gîtes étaient bons pour lui; ses compagnons devenaient ses amis, et le soulageaient souvent du poids de son fardeau.

Nadir, cependant, ne tarda pas à le quitter. La confiance et l'humeur enjouée de son frère lui firent craindre quelque indiscrétion qui pourrait compromettre son trésor. Il prit seul un chemin détourné, hérissé de montagnes et de précipices, mais où il se crut à l'abri des voleurs qui infestaient la plaine. Le jour, il marchait brûlé par le soleil, et toujours incertain de sa route; la nuit, il n'entrait qu'avec défiance dans de misérables chaumières; rarement il détachait quelques parcelles de son or, dont il payait les secours qu'on lui offrait avec regret. Enfin, un désert aride se présente à ses yeux. Effrayé à l'aspect de cette immense solitude, il regretta son jeune frère, dont la société aurait charmé la route et soulagé ses peines. Il pouvait s'associer un compagnon; mais la crainte de partager avec lui, d'en être dépouillé peut-être, le retint; et après avoir invoqué le génie bienfaiteur auquel il recommandait sa vie et ses richesses, il continua sa route à travers une mer de sable.

Deux jours devaient suffire pour traverser ce désert, mais il s'égara; et bientôt la fatigue, une soif dévorante, épuisèrent son courage et ses forces. Il s'assit en gémissant, la tête couverte de son manteau, et résolu à attendre la mort. Mille pensées cruelles le déchiraient et achevaient de porter le désespoir dans son âme. « Hélas! disait-il, à quoi me sert cet or auquel j'ai tout sacrifié? une goutte d'eau pourrait me sauver la vie; je possède un trésor, et je meurs! »

Cependant un bruit lointain se fit entendre; Nadir souleva douloureusement la tête, et aperçut un cavalier, dont le cheval, accablé de fatigue, marchait péniblement. Réunissant alors toutes ses forces, il approcha du cavalier, et reconnut son frère, pâle et se soutenant à peine. En ce moment, le cheval de Nadir tomba sous lui et expira. Les deux frères se précipitèrent dans les bras l'un de l'autre. « Ah! lui dit Nadir, dans quel état sommes-nous réduits! et que le génie nous a fait un fatal présent!

— Je ne puis me plaindre, lui répondit Eliab, c'est mon orgueil qui m'a perdu; j'ai quitté mes frères pour m'associer à des étrangers dont le faste plaisait à ma vanité; je les croyais mes amis, et cependant les cruels m'ont abandonné dans ce désert, au premier moment de détresse. Je meurs, mais le ciel m'a fait grâce, puisqu'il permet qu'un frère me ferme les yeux. »

A ces mots, la voix entrecoupée par les sanglots, ils adressèrent leur prière à Dieu et se jurèrent de mourir ensemble.

— Non, vous ne mourrez pas, leur dit alors

une voix qui leur sembla descendre du ciel; c'était Osmin. Il traversait, en ce moment, le désert avec une caravane de marchands. Il avait aperçu de loin deux voyageurs égarés, et n'écoutant que sa générosité, il avait quitté ses compagnons et s'était approché d'eux.

Qu'on juge de sa joie, lorsqu'il reconnut ses frères, dont le destin n'avait cessé de l'occuper! son outre, heureux présent du sage génie, était encore remplie. Ce secours rendit la vie à ses frères, qui poursuivirent leur route avec la caravane, et arrivèrent à Lahore. Nubar, l'ami de leur père, leur rendit la somme qui lui avait été prêtée, et qui, également partagée entre eux, leur procura une douce aisance, compagne du vrai bonheur.

Eliab apprit à fuir l'orgueil, Nadir l'avarice, et tous les trois à préférer l'utile à l'agréable.

VI

LE PATÉ DE MAUVIETTES

Ce n'est qu'avec la plus grande peine qu'on parvient à vaincre les penchants vicieux ou de mauvaises habitudes. Les enfants surtout ont besoin qu'on les aide dans des efforts de ce genre, et il n'y a guère qu'une crise extraordinaire, amenée par une raison supérieure, qui puisse les délivrer de ce que leurs goûts ont de funeste.

La gourmandise est l'un des défauts qui causent chez les enfants les plus grands ravages; presque toujours elle est le signe d'une éducation négligée; aussi ne se conserve-t-elle pas dans les enfants bien élevés.

M. Nadal n'avait encore pu en guérir sa fille Adeline. Un jour il se promenait avec elle, et il n'y avait pas deux heures qu'ils avaient dîné; ils passèrent devant la boutique d'un pâtissier. L'enfant se mit à contempler toutes ces friandises; mais un petit pâté devint surtout l'objet de sa convoitise : il avait une si belle mine, il répandait un parfum si délicieux.

— Mon papa, dit Adeline, achète-moi ce petit pâté, je ne te demanderai rien autre chose.

— Non, ma fille, il t'incommoderait; la digestion de ton dîner n'est pas encore faite.

— Eh bien! je te promets de n'y pas toucher d'ici à ce soir.

— Le soir, la pâtisserie est indigeste.

— Rien ne m'incommode, papa; au surplus, veux-tu que je ne le mange que demain matin à mon déjeuner?

— J'y consens.

— Ces petits pâtés, dit la marchande, se mangent froids; il y a dans celui-ci d'excellentes mauviettes bien grasses.

— O mon papa, des mauviettes! tu sais combien je les aime?

— Mais, mon enfant, songe donc à ta promesse.

— Papa, sois tranquille, je la tiendrai.

Le petit pâté fut donc acheté, emporté et serré dans un buffet, dont la clef fut laissée à la disposition d'Adeline. M. Nadal voulait que sa fille eût tout le mérite d'avoir résisté à la tentation.

Il est bien vrai que le petit pâté fut plus d'une fois visité avant l'heure du souper. On se contenta d'en sentir l'odeur, et de lui faire quelques égratignures presque imperceptibles, à la faveur desquelles on s'assura cependant qu'on ne pouvait rien manger de plus délicieux. Au souper, Adeline n'y tenait déjà plus; elle demanda, mais en vain, à être relevée de sa promesse, mais elle se promit bien secrètement de ne pas s'endormir sans avoir au moins admiré de nouveau son pâté. Rentrée dans sa chambre, elle ne se contenta plus de le contempler, mais elle voulut, à l'aide d'un couteau, y faire une petite incision, pour en retirer ne fût-ce qu'une mauviette. Il lui serait, pensait-elle, facile de refermer cette ouverture, de manière que son père ne s'apercevrait de rien. Quelle fut sa surprise! en dépit des efforts qu'elle fit, la croûte ne put être entamée par son couteau; elle résistait comme si elle eût été de la pierre la plus dure. Le pâté n'avait cependant rien perdu ni de sa couleur ni de son parfum. Etait-ce une tromperie de la marchande, ou bien un prodige opéré tout exprès pour la punir de sa gourmandise? Après d'inutiles tentatives, elle se coucha donc, pensant à l'étonnement de son père, lorsqu'au déjeuner il voudrait, à son tour, faire l'ouverture du pâté; elle ne manquerait assurément pas de lui dire que c'est ainsi qu'ils deviennent, lorsqu'on ne les mange pas dès qu'on les achète.

Adeline s'endormit et ne rêva qu'au pâté. Il flattait sa gourmandise au-delà même de ce qu'elle en avait espéré; elle n'en voyait pas la fin; les morceaux retranchés paraissaient aussitôt; et pour lui faire honneur, son appétit restait toujours le même. Elle prolongea le plus qu'il lui fut possible un rêve aussi charmant; et, lorsqu'elle s'éveilla, l'heure du déjeuner n'était pas éloignée.

On servit le pâté; le papa lui permit de l'ouvrir elle-même. Si elle fut étrangement surprise de la facilité avec laquelle se coupait la croûte, elle le fut bien davantage en trouvant dans ce pâté, en place de mauviettes, un billet où ces mots étaient écrits en lettres rouges : « Hier soir, tu as manqué à ta promesse; pour te punir, les mauviettes ne paraîtront que demain matin. Si tu veux toucher à la croûte, tu la trouveras bien amère. »

En effet, Adeline en détacha quelques miettes, qui, portées à ses lèvres, les remplirent d'amertume. Elle était si honteuse et si triste qu'elle ne voulut plus déjeuner; elle confessa à son père que, la veille, avant de se coucher, elle n'avait pu résister à la tentation de voir s'il y avait des mauviettes dans le pâté, mais qu'il lui avait été impossible de l'entamer. Voilà, lui dit son père, deux prodiges qui te punissent de ta gourmandise, et t'avertissent d'être plus sobre à l'avenir.

La jouissance d'Adeline fut donc remise au lendemain. Que la journée lui parut longue! Elle n'était pas finie que le pâté était dans ses mains; elle ne lui avait pas encore vu une mine si attrayante; la croûte semblait céder à la pression de ses doigts, la chambre était embaumée par la bonne odeur qu'exhalaient les mauviettes. Il n'était que trop certain qu'un mauvais génie, jaloux de son bonheur, cherchait à la tourmenter. La croûte supérieure du pâté, qui le matin en avait été détachée, s'y était rejointe, de sorte qu'il ne paraissait pas qu'on y eût touché : ce qui lui faisait croire qu'on voulait lui cacher le retour des mauviettes. La curiosité vint s'unir chez elle à la friandise, pour lui inspirer une irrésistible envie de lever une couverture importune; elle ne savait pas résister encore à de pareilles tentations, sa main d'ailleurs fut plus prompte que sa volonté. Le pâté fut donc ouvert une seconde fois. Les mauviettes n'y étaient pas, mais à leur place un petit monstre, de la forme d'un léopard, et dont les dents et les griffes semblaient menacer Adeline; celle-ci poussa un cri de frayeur; et cependant elle lut ces mots, écrits sur un papier qui sortait de la gueule de l'animal : « Si tu ne te hâtes de refermer ce pâté, je saute à ta figure et t'arrache les yeux; attends maintenant à demain matin. »

Adeline, effrayée, se hâta de refermer le pâté. Cette nuit-là, elle rêva que ses bonnes amies, instruites de son aventure, se riaient d'elle à gorge déployée.

Le lendemain, le malheureux pâté fut servi pour la seconde fois au déjeuner; il était toujours aussi beau, aussi odorant. Cette fois elle l'ouvrit et y trouva six mauviettes bien grasses, mais encore avec un avis en lettres rouges. On la menaçait d'un grand danger si elle ne remettait sa jouissance à l'heure du dîner, pour dernier délai. Adeline aurait bien voulu sur ce point consulter son père; par malheur, il était absent; sa gourmandise l'emporta; l'avis fut dédaigné. Sous sa dent avide, une mauviette disparut, puis une autre, une autre encore; ce n'était pas un plaisir, c'était un délice, elle n'avait rien mangé de sa vie d'aussi délicat. Et la croûte! quelle pâtisserie exquise! Elle aurait bien tout dévoré; mais elle avait appris à craindre les indigestions. Elle en réserva le tiers environ pour son dîner, ne fût-ce que pour ne pas négliger tout-à-fait l'avis qu'elle avait reçu.

Son père rentra quelques heures après ; elle lui sauta au cou, l'embrassa, lui raconta combien elle avait eu de plaisir à manger à son déjeuner du petit pâté de mauviettes. Comme celui-ci la félicitait, elle ajouta en riant que, si elle avait cru un nouvel avis, elle eût attendu l'heure du dîner; mais que, supposant bien que cette fois on avait voulu se moquer d'elle, elle avait été désobéissante, et ne s'en était pas mal trouvée.

En entendant ces mots, son père témoigna la plus vive inquiétude, et lui dit gravement que de pareilles menaces se réalisaient toujours. L'étourdie n'en tint aucun compte ; elle ne se sentait pas indisposée; bientôt pourtant elle éprouva des maux de cœur, des envies de vomir; en un mot, elle se trouva si mal, qu'on la mit au lit, et qu'on fit venir un médecin. On craignait que le petit pâté ne fût empoisonné : son père et sa famille étaient dans la désolation. Croyant elle-même qu'elle allait mourir, Adeline prit le parti de recommander son âme à Dieu, et de lui demander mille fois pardon, en pleurant, de sa gourmandise.

La petite malade fut si bien secourue, qu'elle se trouva un peu soulagée; de temps à autre, elle tombait pourtant dans un état de faiblesse qui inspirait des craintes.

« Faut-il mourir si jeune ! disait-elle ; oh ! que

je me repens de n'avoir pas exécuté les remontrances de mon père, et d'avoir dédaigné les avis et les menaces qui m'étaient adressés par un pouvoir surnaturel! Hélas! si je pouvais en revenir! »

Le médecin, homme prudent et sage, après avoir réfléchi quelques minutes, dit : « Il est bien vrai qu'il y avait quelque chose de surnaturel dans ce qui arrive à cette enfant; elle aura irrité un génie puissant qui avait entrepris de la guérir de sa gourmandise ; mais ce génie ne peut-il se calmer? Si l'enfant prend la ferme résolution de modérer ses désirs, de s'abstenir de ce que lui défendra son père, et d'être moins avide de friandises, je crois qu'elle pourra encore être délivrée de cette crise dangereuse; mais une semblable résolution n'aura de prix que mise à l'épreuve. Essayons : la malade fera diète absolue pendant vingt-quatre heures; si son appétit revient, on mettra près d'elle ce que les jeunes personnes aiment le mieux : des confitures, des oranges, des crêmes, etc. De trois heures en trois heures, elle mangera un peu de tout cela, non suivant son goût, mais selon le choix de son père. Si l'enfant, quoique ayant sous sa main les friandises dont je viens de parler, ne goûte à aucune d'elles entre les intervalles de trois heures, je crois pouvoir répondre de sa guérison; le génie sera désarmé; mais si elle néglige mon ordonnance, je désespère de ses jours. »

Ce discours du docteur porta l'espérance dans l'âme d'Adeline, et la consolation dans celle des personnes qui lui étaient attachées. Elle promit tout, et il faut lui rendre cette justice, elle tint parole. Elle ne tarda pas à s'apercevoir des bons effets de sa fidélité à suivre les avis du docteur et de son père. Peu à peu ses forces revinrent; enfin elle fut entièrement rétablie.

Dans la suite, elle fit usage de tout ce qu'elle aimait, même de petits pâtés, mais à des heures réglées et modérément; elle ne se contenta même pas de ce triomphe sur elle-même : elle voulut que sa singulière aventure profitât à d'autres enfants atteints du même défaut; aussi ne laissait-elle échapper aucune occasion de la raconter.

LE CONCERT IMPROVISÉ

Extrait de Schmidt.

Il y a quelques années, je connaissais à Paris un compositeur fort distingué auquel je donnerai le nom de Savigny. Comme la carrière de la gloire n'est pas toujours celle de la fortune, surtout pour ceux des musiciens qui songent plutôt à composer de la musique qu'à exécuter celle des autres, Savigny n'était pas riche; il avait, il est vrai, une place de professeur; il avait le titre de maître de chapelle d'un prince d'Allemagne; plusieurs de ses ouvrages étaient représentés ou exécutés dans des concerts; mais comme il était sans ambition et sans intrigue, tout cela ne lui composait qu'une existence fort bornée. De plus, il s'était marié à une jeune femme sans fortune qui l'avait laissé veuf avec deux enfants, après avoir épuisé les ressources et même engagé l'avenir de la famille par les dépenses qu'avait occasionnées une très longue et très douloureuse maladie. En un mot, M. Savigny, obligé par sa situation de conserver les apparences de la fortune, parvenait tout juste à la fin de l'année à niveler ses recettes et ses dépenses.

Un jour, avec ses deux enfants, Charles et Hélène, il allait en cabriolet de louage faire une visite aux Ternes, village près de Paris, et suivait l'avenue de Neuilly, alors encombrée de promeneurs à pied, à cheval ou en voiture. M. Savigny fit remarquer à ses enfants trois musiciens ambulants, s'apprêtant à donner un échantillon de leur talent à un petit auditoire qui commençait déjà à former le cercle autour d'eux.

— Ce sont des confrères, disait-il; je ne les crois pas bien forts sur l'exécution; mais enfin, comme nous, ils s'occupent de la musique, et vous savez bien qu'il en faut pour toutes les oreilles. D'ailleurs, je dois dire que parmi ces musiciens des rues on trouve parfois des talents enfouis; écoutons ceux-là, il y a peut-être parmi eux un Paganini.

Hélène, qui était une jeune demoiselle de quinze ans, et Charles, qui n'avait qu'un an de moins que sa sœur, tous deux déjà fort habiles musiciens, accueillirent en riant cette idée. M. Savigny, riant lui-même, fit arrêter le cabriolet; il eut bientôt regret de sa curiosité: les deux violons dont jouaient le père et la mère, la harpe dont pinçait leur petit garçon, faisaient un charivari qui mit en fuite le petit nombre d'assistants. M. Savigny, désappointé, se préparait aussi à faire retraite.

— Vraiment, dit-il à ses enfants, je ne les supposais pas si mauvais; cette femme tenait son violon avec une fermeté qui promettait quelque chose de mieux; le père a une barbe blanche comme celle d'Ossian. Allons, je vois bien qu'il n'en a que la barbe!

En parlant ainsi, il commençait à faire avancer son cheval; il se trouvait devant les musiciens, quand un équipage conduit à l'anglaise par un jeune fou, et lancé au grand trot de deux chevaux vigoureux, vint heurter le cabriolet et le renversa. M. Savigny et ses enfants furent seulement froissés, mais la musicienne ambulante reçut un coup de pied du cheval, elle eut la jambe cassée; le jeune homme auteur de cet accident se sauva à toutes brides, quelques efforts que l'on fit pour arrêter ses chevaux.

La pauvre femme poussait des cris de douleur, son mari et son fils gémissaient et disaient qu'ils étaient ruinés pour toujours. M. Savigny, qu s'était bien vite dégagé, perça la foule assemblée autour de la femme blessée, prit tout de suite les dispositions nécessaires pour la faire transporter à l'hospice le plus voisin, et vint rejoindre ses enfants; il songeait avec peine que son état de fortune ne lui permettait pas de réparer le mal qu'un homme, riche sans doute, venait de causer à des malheureux.

Il retrouva au milieu de la foule le petit garçon avec la harpe et les deux violons; quelques personnes cherchaient à le consoler, d'autres lui donnaient de l'argent, quelques-uns des conseils, d'autres enfin proposaient d'ouvrir une souscription.

Tout-à-coup une idée singulière s'empara de M. de Savigny; son cabriolet de louage était relevé, et Charles, assisté de quelques officieux, le visitait et réparait le désordre des harnais.

— Viens, mon ami, lui dit son père, viens avec ta sœur; voyons si à nous trois nous ne pourrons pas faire quelque chose pour nos compagnons d'infortune; prends le meilleur des deux violons, moi je veux prendre la harpe. Allons, un concert au profit de la femme blessée.

Aussitôt les deux instruments furent d'accord, ce qui ne leur était pas arrivé depuis longtemps, et une harmonie comme on n'en entend point dans les rues attira en quelques instants un immense concours. M. Savigny fut reconnu; son nom et le motif de son action extraordinaire circulèrent dans les groupes. Un de ses amis qui se trouva là par hasard prit Hélène par la main et commença avec elle une quête *pour la pauvre musicienne blessée*. La recette fut très abondante; la foule se composait d'oisifs, c'est-à-dire de gens riches pour la plupart. Bientôt Hélène, appelée par son père, prit à son tour la harpe, et, s'accompagnant avec une rare habileté, fit entendre les accents délicieux d'une voix pure et sonore.

On n'eut pas besoin de continuer la quête; chacun s'empressa d'augmenter et de doubler son offrande, car tout le monde était enchanté de voir de si beaux talents consacrés à une si bonne action. La recette s'éleva à plus de douze cents francs. M. Savigny la remit au père, qui était venu chercher le jeune garçon et ses instruments, et comme le pauvre homme se confondait en remercîments :

— Allons, allons, lui dit le compositeur, ne parlons plus de cela ; entre confrères, il se faut entr'aider; seulement il est bien entendu que c'est à charge de revanche.

FIN.

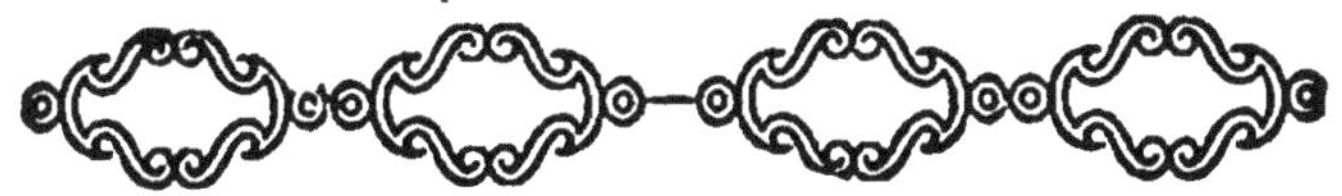

TABLE.

FIN DE LA TABLE.

Limoges. — Imp. E. Ardant et Cie.

www.ingramcontent.com/pod-product-compliance
Ingram Content Group UK Ltd.
Pitfield, Milton Keynes, MK11 3LW, UK
UKHW021214230726
13926UKWH00003B/1006